Margitta Zellmer

W0357470

Maus mit Flügeln

Reihe
Sternboot
Projekte-Verlag 188

Ich heiße Florian und wohne mit Mama, Papa, meinem kleinen Bruder Fabian und Kira, unserem Schäferhund, in einer großen Stadt, in einem Haus mit vielen anderen Leuten – großen und kleinen. Hinter dem Haus ist ein Garten. Dort kann ich mit meinen Freunden spielen. Das ist schön.

Vor dem Haus ist eine breite Straße. Dort fahren aber immerzu Autos und Busse, auch wenn es schon dunkel ist und ich in meinem Bett liege. Dann ist immer noch Krach auf der Straße und ich kann manchmal nicht einschlafen, weil die Busse direkt vor meinem Kinderzimmerfenster anhalten und abfahren.

H

Am Wochenende darf ich oft zu Oma und Opa fahren. Darauf freue ich mich ganz besonders. Denn bei Oma und Opa ist alles anders als bei uns zu Hause.
Die Großeltern wohnen in einem Dorf, in einem weißen Haus mit rotem Dach, braun gestrichenen Fensterrahmen und einem Garten drum herum. Dort ist es fast immer still. Es fahren nur wenige Autos vorbei. Man hört die Vögel singen oder die Grillen zirpen. Manche Vögel, wie Amseln, Spatzen und Meisen, kommen auf den Zaun und beobachten uns, wenn wir draußen sitzen.
Sie haben gar keine Angst und hüpfen über die Wiese, um Regenwürmer und Insekten zu fangen.
Gleich hinter dem Haus ist ein Feld. Im Frühjahr sehe ich dort immer hoch oben im Himmel einen ganz kleinen Vogel, der wunderschön singt.
„Das ist eine Lerche", sagt Oma, „und sie jubiliert, weil Frühling ist."

Im Frühjahr streicht Opa immer den Zaun und schneidet die Hecken und die Haselnuss-Sträucher. Aber vorher, vor Ostern nämlich, hängen wir noch Ostereier dran.
Meistens sind die Haselnuss-Sträucher dann noch ganz kahl, nur winzig kleine Knöspchen sind zu sehen. Nach Ostern, wenn wir die Eier wieder abnehmen, sind dann schon die frischen, grünen Blätter am Strauch.

Im Sommer wächst Korn auf dem Feld und wenn ich Glück habe, sehe ich sogar den Bauern in einem Traktor oder einem Mähdrescher über das Feld fahren. Dann stiebt es kräftig und Oma seufzt, dass sie schon wieder Staub wischen und Fenster putzen muss.

HOLZ

Im Spätsommer, wenn in der Nacht Tau fällt, kann man am Morgen die Spinnennetze im Haselnuss-Strauch besonders gut sehen. Dann sind die zarten Fäden mit winzigen Wassertropfen wie mit tausenden Perlen besetzt, die in der Sonne funkeln.

Im Herbst sind die Haselnüsse reif. Sie werden braun und fallen herunter. Manche müssen wir auch abpflücken.
Im Spätherbst gibt es auch immer viel Arbeit bei den Großeltern im Garten. Ich mache dann fleißig mit und Opa freut sich, wenn ich ihm beim Laubharken helfe.

Wenn die Felder abgeerntet sind, gehe ich mit Opa dorthin und wir lassen einen Drachen steigen. Der fliegt ganz weit in den Himmel hinauf und tanzt übermütig dort herum, als wäre er froh, endlich so schön fliegen zu können.
Opa gibt mir die Schnur, aber wenn der Wind ganz doll pustet, kann ich sie gar nicht richtig halten und habe Angst, dass ich mit dem Drachen davon fliege.

Vor Weihnachten, wenn es draußen schon richtig kalt und ungemütlich ist, knackt Opa die Nüsse, Oma mahlt sie und backt dann Kuchen damit. Ich mag es, wenn Oma Kuchen backt, vor allem im Winter.
Ich sitze dann immer auf der Bank in der Küche und schaue zu, wie Oma die Zutaten zurecht macht. Das Schönste aber ist, wenn ich zum Schluss die Schüssel ausschlecken darf.
Wir zünden eine Kerze an, trinken Kaffee und Kakao und erzählen uns Geschichten. Später basteln wir etwas, spielen Karten oder Oma liest vor.

Im letzten Sommer war ich wieder einmal bei Oma und Opa. Es war so heiß, dass Oma gar keinen Kuchen backen wollte. Das war schade, aber Oma hat gesagt: „Da schwitzen wir ja noch mehr."

Wir haben deshalb lieber Melonen gegessen und auf der Wiese im Schatten gesessen. Opa hat mir ein Planschbecken mit Wasser gefüllt. Wir haben uns bespritzt und laut gelacht, bis Oma sagte, wir sollten nicht so einen Krach machen, sie wolle ihre Ruhe haben.

Also lassen wir sie in Ruhe und gehen durch's Dorf spazieren. Opa nimmt Möhren mit, denn wir wollen Pferde füttern – das machen wir oft. Die Pferde stehen auf einer Wiese und fressen den ganzen Tag Gras. Sie freuen sich, wenn wir kommen. Ich denke, sie kennen uns schon und wissen, dass wir was Leckeres für sie haben.

Die Möhren sind etwas ganz Besonderes für sie, fast so, wie für mich Gummibärchen oder Schokolade.

Es sind ein weißes und ein braunes Pferd. Oma sagt, das weiße Pferd würde Schimmel genannt.

Man kann also eine ganze Menge erleben, bei den Großeltern. Auch wenn ich dort keine Freunde habe, ist es nie langweilig.

Das heißt, es stimmt gar nicht, dass ich dort keine Freunde habe ... Ich habe nämlich zwei ganz kleine Freunde gefunden. Und das kam so:

Oma hat an einem Sommerabend das Fenster ganz weit aufgemacht, weil es noch immer so warm war. Sie hat mir eine Gute-Nacht-Geschichte vorgelesen und einen Kuss gegeben. Dann ist sie gegangen und hat die Tür hinter sich geschlossen.

Plötzlich verdunkelte sich der Mond, ein Schatten war auf ihn gefallen, und ein dunkles Etwas flog lautlos ins Zimmer und setzte sich auf meine Bettdecke. Es klappte die großen dünnen Flügel zusammen und sah mich an. Es war ganz klein und sah aus wie eine Maus. Mäuse kannte ich. Von denen gab es viele bei Oma und Opa, auf dem Feld und einige auch im Garten. Nur die hier hatte Flügel ...
„Wer bist du denn?“, fragte ich ein bisschen erschrocken und verwundert.
Und siehe da, das kleine Tier antwortete mir mit heller Stimme: „Ich heiße Mausohr und bin eine Fledermaus. Ich habe mich wohl verflogen.“ Es sah sich ängstlich im Zimmer um.
„Du brauchst keine Angst zu haben. Ich tu’ dir nichts Böses. Ich bin ja selbst erschrocken, als du mit deinen riesigen Flügeln hier hereingeschwebt bist. Was ist denn eigentlich eine Feldermaus? Eine Maus mit Flügeln?“, fragte ich das kleine zitternde Ding. Ich wollte es so gern berühren, traute mich aber nicht.
„Ich bin ein Säugetier, wie ganz normale Mäuse auch. Unsere Mamas bringen lebende Junge zur Welt. Wir schlüpfen nicht aus Eiern, wie das bei Vögeln ist. Wir Fledermäuse sind die einzigen Säugetiere, die richtig fliegen können. Schau mal, ich habe zwischen meinem Körper und meinen Fingern eine Flughaut, die ich ausbreiten und damit fliegen kann.“
Die kleine Fledermaus breitete ihre Arme aus und ich konnte die dünne Flughaut sehen. Sie war jetzt zwischen ihren langen Fingern aufgespannt. Das Tier hatte am Rücken braungraues Fell und am Bauch weißes, wie eine Maus eben, große Ohren und dunkle, glänzende Augen. Damit sah es mich immer noch ein wenig ängstlich an.

Ich fragte weiter: „Wo kommst du denn her?“
„Ich komme aus dem Wald. Dort wohne ich mit meiner Mama und vielen anderen Fledermausfamilien in einem alten morschen Baum, der vor vielen Jahren vom Blitz getroffen wurde und der deshalb ganz hohl ist.“
„Und was machst du hier, so mitten in der Nacht?“
„Ja, weißt du denn nicht, dass wir erst abends so richtig munter werden? Tagsüber ruhen wir uns aus und in der Dämmerung fliegen wir los, um uns etwas zu fressen zu suchen. Außerdem bin ich noch jung und mache meine ersten Ausflüge, um die Umgebung zu erkunden. Heute bin ich zum ersten Mal aus dem Wald heraus geflogen und gleich bei dir gelandet. Hier ist es zwar schön, denn du hast eine weiche Höhle, aber zu fressen gibt es hier für mich nichts.“
„Hast du auch so ein Bett wie ich? Vielleicht eines aus Laub?“
„Nein, wenn wir schlafen, hängen wir mit dem Kopf nach unten und halten uns mit den Zehen fest. Wir rollen uns in unsere Flughaut ein, wie in einen Umhang. Damit decken wir uns zu, wie du mit deiner Bettdecke. Das schützt uns vor Kälte. Wir schlafen nämlich lange, den ganzen Winter über.“
„Aber wenn es dunkel ist und du ausfliegst, kannst du doch gar nichts mehr sehen.“

„Sehen nicht, aber wir können etwas viel Besseres: Wir geben Laute von uns, die du und die anderen Menschen nicht hören können. Das Echo verrät uns dann, wo sich unsere Beute oder Hindernisse befinden und wie groß sie sind. Deshalb stoßen wir auch nie irgendwo an, denn wir können rechtzeitig ausweichen. Und deshalb haben wir auch so große Ohren."

„Deshalb bist du wohl auch in mein Zimmer geflogen, weil das Fenster offen ist und du kein Hindernis spüren konntest?"

„Ja, so ist es. Und eigentlich wollte ich gleich wieder wegfliegen, aber du hast so niedlich ausgesehen und ich wollte mal schauen, was du für einer bist."

„Ich bin ein Mensch. Aber fliegen kann ich leider nicht ..."

„Das solltest du auch nicht versuchen, dafür bist du nämlich nicht gemacht. Du hast keine Flügel wie ich und brauchst zum Fliegen eine Maschine – ein Flugzeug.

Die Menschen sind aber nicht immer unsere Freunde. Sie nehmen uns viel von unserem Lebensraum weg, wenn sie die Wälder abholzen oder uns aus ihren Häusern vertreiben, wo wir doch nur Unterschlupf suchen. Glücklicherweise wissen viele Menschen, dass wir ihnen nichts tun und lassen uns sogar in ihren Häusern wohnen, auf dem Dachboden, wo sowieso kaum jemand hinkommt. Wir bleiben gern viele Jahre lang an einem Schlafplatz, der uns Schutz vor Feinden, vor der Hitze im Sommer oder der Kälte im Winter bietet."

„Was frisst du denn am liebsten?"

„Am liebsten fresse ich Insekten – Mücken, Fliegen, Schnaken, Käfer oder Falter. Manche von uns fressen auch Früchte oder Fische und wiederum andere ernähren sich vom Blut lebender Tiere."

Ich hatte nun gar keine Angst mehr und wagte mich endlich, ganz vorsichtig über das Fell der kleinen Fledermaus zu streicheln. Es war warm und weich.
Auch die kleine Fledermaus hatte wohl Vertrauen zu mir gefasst, denn sie zitterte gar nicht mehr. Sie sagte: „Ich muss jetzt zurück, meine Mama sucht mich bestimmt schon. Schlaf' schön!"
Sie breitete ihre Flügel aus und flog, genauso lautlos wie sie gekommen war, wieder zum Fenster hinaus. Vorher drehte sie aber zum Abschied noch eine Runde durchs Zimmer.
Ich lag noch eine Weile wach im Bett und dachte über das nach, was mir diese kleine Maus mit den Flügeln erzählt hatte. Dann muss ich wohl eingeschlafen sein, denn als ich die Augen öffnete, war es schon wieder hell und ich hatte Hunger auf Frühstück. Also ging ich hinunter in die Küche zu Oma, die schon Kakao und frische Brötchen auf den Tisch gestellt hatte. Sie wunderte sich, dass ich so lange geschlafen hatte. Ich erzählte ihr von der Fledermaus. Oma sah mich ganz seltsam an, sagte aber nichts.
Am Abend war es wieder so heiß und ich fragte Oma und Opa, ob ich im Zelt im Garten schlafen dürfe. Sie waren einverstanden.
Opa baute das Zelt auf, legte eine Taschenlampe hinein und Oma brachte Decken, Saft und Gummibärchen. Ich machte es mir gemütlich und horchte auf die Geräusche von draußen. Als es dunkel wurde, hörte ich es rascheln, schnaufen und niesen. Das kannte ich schon, es war die Igelfamilie, die schon seit Jahren in Omas Garten wohnte.

Ich hörte in meinem Zelt auch das Zirpen der Grillen und schlief darüber ein.

Plötzlich wurde ich wach, weil irgendetwas in meinem Zelt raschelte. War etwa ein Igelchen herein gekrochen? Oder eine Katze? Ich knipste die Taschenlampe an und leuchtete das ganze Zelt ab. Neben mir saß ein ziemlich komisches grünes Etwas. Es war länglich, hatte Flügel, kurze Vorderbeine und lange, kräftige Hinterbeine. Vorn am Kopf, zwischen den vorstehenden Augen hatte es zwei lange Fühler. Es war keine Mücke, keine Fliege und auch kein Käfer. Was war es dann? Ich ahnte schon, dass ich mich auch mit ihm unterhalten konnte, und hatte auch gar keine Angst. Deshalb fragte ich gleich: „Wer bist du denn?“

„Ich bin das Grüne Heupferd, eine Heuschrecke“, antwortete das Wesen.

„Aha, dann kenne ich dich. Du machst doch immer solchen Krach im Sommer, jede Nacht, man kann kaum schlafen. Warum machst du das eigentlich?“

Jetzt guckte es etwas beleidigt, wie mir schien. Es schüttelte den Kopf und sagte: „Das ist doch kein Krach. Wir Jungs machen Musik und locken damit die Mädels an.“

Ich schaute das kleine Heupferd an, das so gar nicht wie ein Pferd aussah, und stellte mir vor, woher wohl die lauten Töne kämen.

Als hätte es meine Gedanken erraten, sagte es: „Sieh her, wir machen die Töne, indem wir die Hinterbeine an den Flügeln reiben. Unsere Weibchen haben ihre Ohren in den Vorderbeinen.“

Da staunte ich aber. Ohren in den Beinen? Das konnte ich mir gar nicht vorstellen.
Das Heupferd begann erneut, Krach zu machen, aber ich sagte ihm, dass ich jetzt schlafen wolle.
Da sagte es: „Gute Nacht und schlaf' schön!"
Es drehte sich um und sprang in großen Sätzen aus dem Zelt hinaus. Nun hörte ich seine Musik nur noch leise und sie störte mich gar nicht mehr. Ich konnte beruhigt einschlafen.

Und wenn ich das nächste Mal bei Oma und Opa bin, vielleicht kommen mich meine beiden Freunde Mausohr und Grünes Heupferd wieder besuchen. Wer weiß ...

IMPRESSUM
1. Auflage

Illustrationen: Manuela Räder
Satz und Druck: Buchfabrik JUCO GmbH • www.jucogmbh.de
ISBN 3-938227-95-8 Preis: 7,50 Euro